稼軒詞補遺

辛稿本編輯重刻以傳固是快事然本書之體例在未收
詞集稼軒詞原本獨遺何耶暇當以質汪尹

稼軒詞補遺目錄

綠軒詞補遺目錄

稼軒詞補遺

歷城　辛棄疾　幼安

生查子　和夏中玉

一天霜月明。幾處砧聲起。客夢已難成。秋色無邊際。旦夕是重陽。菊有黃花蘂。只怕又登高。未飲心先醉。

滿江紅

老子當年。飽經慣花期酒約。行樂處輕裘緩帶。繡鞍金絡。明月樓臺簫鼓夜。梨花院落鞦韆索。共何人對飲五三鍾。顏如玉。

嗟往事。空蕭索。懷新恨。又飄泊。但年來何待。許多幽獨。海水連天凝望遠。山風吹雨征衫薄。向此際羸馬獨駸駸。情懷惡。

菩薩蠻

甲集本有此词

稼軒日向兒曹說。帶湖買得新風月。頭白早歸來。種花花已開。　功名渾是錯。更莫□思著。見說小樓東。好山千萬重。

又　和夏中玉

與君欲赴西樓約。西樓風急征衫薄。且莫上蘭舟。怕人清淚流。　臨風橫玉管。聲散江天滿。一夜旅中愁。蛩吟不忍休。

一翦梅

塵灑衣裾客路長。霜林已晚。秋蘂猶香。別離觸處是悲涼。夢裏青樓。不忍思量。　天宇沈沈落日黃。雲遮望眼

山割愁腸滿懷珠玉淚浪浪欲倩西風吹到蘭房

又

歌罷尊空月墜西百花門外煙翠霏微絳紗籠燭照于飛歸去來兮歸去來兮 酒入香顋分外宜行行問道還肯相隨嬌羞無力應人邏何幸如之何幸如之

念奴嬌 謝王廣文雙姬詞

西眞姊妹料凡心忽起共辭瑤闕燕燕鶯鶯相竝比的當爾團兒雪合韻歌喉同茵舞袖舉措□□別江梅影裏迴然雙蘂奇絕 還聽別院笙歌倉皇走報笑語渾重疊拾翠洲邊攜手處疑是桃根桃葉竝蒂芳蓮雙頭紅蘂不意俱攀折今宵鴛帳有同對影明月

又 三友同飲借赤壁韻

論心論相便擇術滿眼紛紛何物踏碎鐵鞋三百緉不在危峰絕壁龍友相逢洼樽緩舉議論敲冰雪何妨人道聖時同見三傑 自是不日同舟平戎破虜豈由言輕發任使窮通相鼓弄恐是眞□難滅寄食王孫喪家公子誰握周公髮冰□皎皎照人不下霜月

又 贈夏成玉

妙齡秀發湛靈臺一點天然奇絕萬壑千巖歸健筆掃盡平山風月雪裏疏梅霜頭寒菊迥與餘花別識人青眼慨然憐我疏拙 遐想後日蛾眉兩山橫黛談笑風生頰握手論文情極處冰玉一時淸潔掃斷塵勞招呼

和下空格乙集本作風

紋形指稼中甚矣

蕭散滿酌金蕉葉醉鄉深處不知天地空闊

江城子 戲同官

留仙初試砑羅裙小腰身可憐人江國幽香曾向雪中開過盡東園桃與李還見此一枝春 庾郎襟度最清眞挹芳塵便情親南館花深清夜駐行雲拚卻日高呼不起燈半滅酒微醺

惜奴嬌 戲同官

風骨蕭然稱獨立羣仙首春江雪一枝梅秀小樣香檀映朗玉纖纖手未久轉新聲泠泠山溜 曲裏傳情更濃似尊中酒信傾蓋相逢如舊別後相思記敏政堂前柳知否又拚了一場消瘦

南鄉子 贈妓 賀之集

好箇主人家不問因由便去嗏病得那人妝晃子巴巴繫上裙兒穩也哪 別淚沒些些海誓山盟總是賒今日新歡須記取孩兒更過十年也似他

糖多令 乙集本無此詞

淑景鬭清明和口拂面輕小杯盤同集郊坰頓著箇轎兒不肯上須索要大家行 行步漸輕盈行行語笑頻鳳鞋兒微褪些根蕎忽地倚人陪笑道眞箇是腳兒疼

踏歌 甲集本無此詞

攧厥看精神壓一䴡兒劣更言語一似春鶯滑一團兒美滿天和雪 去也把春衫換卻同心結向人道不怕

和下當是風字

此首及下有箇仙人一首皆見朱希真樵歌

輕離別問昨宵因甚歌聲咽　秋被夢春閨月舊家事
卻對何人說告第一莫趁蜂和蝶有春歸花落時節

眼兒媚 妓

煙花叢裏不宜他絕似好人家淡妝嬌面輕注朱脣一
朵梅花　相逢比著年時節顧意又爭些來朝去也莫
因別箇忘了人咱

如夢令 贈歌者

韻勝仙風縹緲的皪嬌波宜笑弗玉一聲歌占斷多情
風調清妙清妙留住飛雲多少

鷓鴣天 樵歌

天上人間酒最尊非甘非苦味通神一杯能變愁山色

三盞全迴冷谷春　歡後笑怒時瞋醒來不記有何因
古時有道陶元亮解道君當恕醉人

又 和陳提幹

翦燭西窗夜未闌酒豪詩興兩聯緜香歡瑞獸金三尺
人插雲梳玉一彎　傾笑語捷飛泉觥籌到手莫留連
明朝再作東陽約肯把鸞膠續斷絃

又

有箇仙人捧玉巵滿斟堅勸不須辭瑞龍透頂香難比
甘露澆心味更奇　開道域洗塵機融融天樂醉瑤池
霓裳拽住君休去待我醒時更一杯

踏莎行 春日有感

稼軒不應有出塞之作

萱草齊階芭蕉弄葉亂紅點點團香蝶過牆一陣海棠風隔簾幾處梨花雪　愁滿芳心酒潮紅頰年年此際傷離別不妨橫管小樓中夜闌吹斷千山月

□□□　出塞春寒有感

鶯未老花謝東風掃鞦韆人倦綵繩閒又被清明過了　日長減破夜長眠別聽笙簫吹曉錦牋封與怨春詩寄與歸雲縹緲

謁金門　和陳提幹

山共水美滿一千餘里不避曉行并早起此情都爲你　不怕與人尤殢只怕被人調戲因甚無箇阿鵲地没工夫說裏

乙亥本有此詞

鵲橋仙　送粉卿行

轎兒排了擔兒裝了杜宇一聲催起從今一步一回頭怎睚得一千餘里　舊時行處舊時歌處空有燕泥香墜莫嫌白髮不思量也須有思量去裏

好事近　春日郊遊

春動酒旗風野店芳醪留客繫馬水邊幽寺有梨花如雪　山僧欲看醉魂醒茗椀泛香白微記碧苔歸路嫋一鞭春色

又

花月賞心天擡舉多情詩客取次錦袍須貰愛春醅浮雪　黃鸝何處故飛來點破野雲白一點暗紅猶在正

壽詞中多祝者

不禁風色

又　宣和時作　時在杭州西湖也

春意滿西湖湖上柳黃時節瀕水霧窗雲戶貯楚宮人物　一年管領好花枝東風共披拂巳約醉騎雙鳳玩三山風月

水調歌頭　和馬叔度遊月波樓

客子久不到好景為君留西樓著意吟賞何必問更籌喚起一天明月照我滿懷冰雪浩蕩百川流鯨飲未吞海劍氣巳橫秋　野光浮天宇迥物華幽中州遺恨不知今夜幾人愁誰念英雄老矣不道功名蕞爾決策尙悠悠此事費分說來日且扶頭

又　肇采若壽　采其意與稼軒日御之北人南歸者

泰嶽倚空碧汝口卷雲寒萃茲山水奇秀列宿下人寰八世家傳素業一舉手攀丹桂依約笑談閒賓幕佐儲副和氣滿長安　分虎符來近甸自金鑾政平訟簡無事酒社與詩壇會看沙隄歸去應使神京再復款曲問家山玉佩掛空闊碧霧翳蒼鸞

洞仙歌　為葉丞相壽　信州本有此詞　甲集一之五

江頭父老說新來朝野都道今年太平也見朱顏綠鬢玉帶金魚相公是舊日中朝司馬　遙知宣賜處東閤華鐙別賜仙韶接元夜問天上幾多春只似人閒但長見精神如畫好都取山河獻君王看父子貂蟬玉京迎

鷓

賀新郎　和吳明可給事安撫

世路風波惡喜清時邊夫袖手□將帷幄正值春光二三月兩兩燕穿簾幕又怕箇江南花落與客攜壺連夜飲任蟾光飛上闌干角何時唱從軍樂　歸歟已賦居巖壑悟人世正類春蠶自相纏縛眼畔昏鴉千萬點□欠歸來野鶴都不戀黑頭黃閣一詠一觴成底事慶康寍天賦何須藥金琖大爲君酌

漁家傲　湖州幕官作舫室

稼軒与湖州同僚題詩

風月小齋模畫舫綠窗朱戶江湖樣酒是短檠歌是槳和情放醉鄉穩到無風浪　自有拍浮千斛釀從教日蒲桃漲門外獨醒人也訪同俯仰賞心卻在鴟夷上

霜天曉角　赤壁

雪堂遷客不得文章力賦寫曹劉興廢千古事泯陳迹望中磯岸赤直下江濤白半夜一聲長嘯悲天地爲子窄。

蘇武慢　雪

帳暖金絲杯乾雲液戰退夜□颼飀障泥繫馬掃路迎賓先借落花春色歌竹傳觴探梅得句人在玉樓瓊室喚吳姬學舞風流輕轉弄嬌無力　塵世換老盡青山鋪成明月瑞物已深三尺豐登意緒婉娩光陰都作暮寒堆積回首驅羊舊節入蔡奇兵等閑陳迹總無如現

在尊前一笑坐中贏得

綠頭鴨 七夕

歎飄零離多會少堪驚又爭如天人有信不同浮世難憑占秋初桂花散采向夜久銀漢無聲鳳駕催雲紅帷卷月冷冷一水會雙星素杼冷臨風休織深訴隔年誠飛光淺青童語款丹鵲橋平 看人間爭求新巧紛紛女伴歡迎避鐙時綵絲未整拜月處蛛網先成誰念監州蕭條官舍燭搖秋扇坐中庭笑此夕金釵無據遺恨滿蓬瀛敧高枕梧桐聽雨如是天明

烏夜啼 戲贈籍中人

江頭三月清明柳風輕巴峽誰知還是洛陽城 春寂寂嬌滴滴笑盈盈一段烏絲闌上記多情

品令

迢迢征路又小舸金陵去西風黃葉淡煙衰草平沙將暮回首高城一步遠如一步 江邊朱戶忍追憶分攜處今夜山館怎生禁得許多愁緒辛苦羅巾搵取幾行淚雨

蚤歲居南昌館俸所入先大夫命以聚書竭十年之力益得書數十萬卷宋代文籍尤所篤嗜泊遊江淮挾以自隨萬載辛氏輯刻稼軒集其一也其補遺詞三十餘闋爲他本所無半塘老人刊稼軒詞跋稱未見此本蓋流傳亦已尟矣夫辛氏輯刻在嘉慶中葉距今不踰百年世遂詫爲罕見於此可徵古籍之散佚有什百千萬於此者也滬尹先生嘗與論及相爲嘅歎遂出篋衍謀付梓人俾稼軒之詞海內復覯足本宗元所箸錄之籍亦以流布此豈兵塵澒洞中所易得耶宗元嘗造聽楓之園坐無著之龕積書如山几塵不掃先生歗歌其閒屛謝世事他日必更有佳刻以餉學人此又宗元矯首跂踵以請於先生者也癸丑夏孟紹興諸宗元跋

審今大典已散佚殆盡此數十闋皆僅非敬甫表彰
而鷓鴣天有二闋曾見朱希真樵歌當時議未致詳
詞跋則稱三十六首蓋初有他人之作後又妄汰者
大德本耶敬甫稼軒集誌語謂所得長短句五十首
者僅洞仙歌壽葉丞相一闋編纂大典者殆亦未睹
毛本增多十一闋是卷補毛本之遺其見諸大德本
合王氏四印齋重刊元大德信州書院本十二卷覆
典中者稼軒詞毛氏汲古閣刊本四卷與文廟通者
稼軒詞補遺一卷萬載辛敬甫啟泰輯得於永樂大
蘇武慢　夜□末原本空格闕文
賀新郎　□久末原本空格闕文

稼校　一

洞仙歌按此詞元大德本稼軒長短句有之
水調歌頭巘蒸　汶□原本作汶文誤
□□□原本作謁金門譏按此調詞律及詞律拾遺並未敢依者
又二首見攜上有當以上
鷓鴣天上天
踏歌按此爲雙曳頭調原本分二段以闋畔音句作遍片語朱敦備撫高段正
糖多令和□　□原本作鳳和疑誤氣
又心論　寘□末原本空格闕文　冰□原本作冰書誤
念奴嬌賞西　□□原本作澂體誤
菩薩蠻稼軒　□思原本作憩思誤
稼軒詞補遺校記

而出之幾何不有亡書之歎也卷中譌誤閒亦未免刊既畢爲條舉所校者如右壬子立冬後四日彊邨遺民朱孝臧跋

稼軒詞以元大德本（信州十二卷本）為最備凡五百七十二首宋淳熙本甲乙丙三集合計三百三十二首內十七（六）首為大（作）德本（信州）所無此本補遺三十六首除誤收柬帝兵二首外一首複大德本（信州）四首複淳熙本其為諸本所未見者實二十九首三本互除複重都得詞六百一十八（七）首是為傳世稼軒詞之總數淳熙本甲集范開序云近時流布海內者率多贋本此六百十八（七）首中未必盡為稼軒作然已無從補別之而存之可耳　戊辰先立秋三日啓超跋

後五日復見明吳訥唐宋百家詞所收稼軒集亦淳熙本惟更有丁集凡詞百首內五首為乙集重出其為諸本所無者又五首內一首係誤入龍洲詞實多出四首都計六百二十一首實傳世稼軒詞總數　啓超又記

草堂詩餘有金菊對芙蓉一首諸本皆無但不類稼軒作

图书在版编目（CIP）数据

梁启超手批稼轩词／（宋）辛弃疾著；梁启超批校.
影印本.—北京：中国书店，2009.1
ISBN 978-7-80663-627-5

Ⅰ.梁… Ⅱ.①辛…②梁… Ⅲ.宋词－选集 Ⅳ.
I222.844

中国版本图书馆CIP数据核字（2008）第206028号

ISBN 978-7-80663-627-5

中國書店藏珍貴古籍叢刊

梁啓超手批稼軒詞 一函五册

作　者：辛弃疾　著　梁啓超　批校
責　编：華　剛　雷　雨
出版發行：中国书店
地　址：北京市西城區琉璃廠東街一一五號
郵　编：一〇〇〇五〇
印　刷：杭州蕭山古籍印務有限公司
版　次：二〇一四年四月
書　號：ISBN 978-7-80663-627-5
定　價：九六〇元